인향문단 시선

아직도 남은
이야기

이정관

한국 신춘문예 2017년 여름 호에 시 부문으로 등단하였고 2017년 겨울 호에는 수필부문으로 등단하였다. 2017년 14회 대한민국 통일 예술제에 참여하여 최우수 문학상을 수상하였다. 현재 한국 신춘문예 협회 정회원이며 시마을 작가 시회 정회원이다. 한국 신춘문예 협회 발행지외 다수 계간지에 기고된 시와 수필로 활동을 하고 있으며 인향 문단 회원으로 활발한 작품 활동을 하고 있다. 나는 택시기사가 직업이다, 택시 운행 중 여러 고객을 만나면서, 그들의 다양한 삶을 담아 본 등의 글을 쓰면서 2018년 3월 한국 신춘문예 협회 발행 시가 있는 수필집 [굴렁쇠의 단상]을 출간하였다.

인향문단 시선 005

아직도 남은 이야기

초판 인쇄일 2018년 11월 5일
초판 발행일 2018년 11월 5일

지은이 이정관
펴낸이 장문정
펴낸곳 도서출판 그림책
디자인 토마토
출판등록 제2010-000001
주소 경기도 수원시 영통구 이의동 웰빙타운로 70
연락처 TEL(010)2676-9912
E-mail khbang21@naver.com

아직도 남은
이야기

이정관

여물지 못한 이야기

거칠었던 숨소리는 우이천에 닿아
나무가 되고 싶어 나무에 기대어 섰다
나뭇가지 잎만큼 많은 시간이
익숙함을 버리고 다른 계절을 찾는다
보이지 않아도 보이는 길을 가야 했지만
아직도 남아있는 이야기는 무르익어 간다
피고 지고 피는 꽃 같은 인생의 터트림에
바위처럼 견디고 견뎌 바위가 되어버렸다
나를 홀로 데리고 갈 미래의 시간은
변함없이 끊임없이 다독이며 재촉을 한다
이렇듯이 글은 보채며 보이길 원하지만
삶의 미완성을 글의 미완성으로 남기려 한다
뭔가에 얽매어지지 않은 사람이 있을까
자기 나름의 기구한 인생살이라고 푸념하며
사는 게 그나마 인생의 묘미일 수도 있겠다
아마 그랬을 것 같은 길을 걸어왔는지도 모른다
세월이 흐를수록 나의 작은 공간은 허전했다
설렘도 고통도 나만의 창고에 차곡차곡 채웠었다
우연히 마음 창고의 문을 열어보니
그 속에 또 다른 내가 있다는 것을 알았다
특별히 기억도 없는 날에 문득문득 종이에 썼다가는
잊어버리는 자신을 보았다
자신이 자신을 쓰고 있었다는 것을 알게 되었다
몇 년간의 독학과 습작은 그리 만만치 않았다

좋아하는 것을 찾기보다는
하는 일을 좋아하려는 가상한 노력은 문학이라는 문턱에 다다랐다
누구에게나 인생의 꽃은 피고 지고 피는 반복은
끊임없이 이어진다는 것이다
평범한 삶이 바위처럼 견디고 견디다 보니
수석이 될 날도 있다는 희망 섞인 말은 하지 않겠다
또한 종교와 문학의 길은 휴머니즘으로 가는 같은 길이라고
자신 있게는 말을 못 한다
하지만, 나는 글을 쓰며 위안을 많이 받았다
글쓰기도 삶도 여물지 못한 이야기의 길을 가지만
내 인생에 들어 있는 것에 아쉬워하지 않고
최선 다해 보는 그저 그런 나일뿐이다
그저 그뿐인, 나를 담았다

- 이정관

시집을 펴내며

새삼스럽다. 글을 줄곧 쓰고는 있었지만, 막상 오롯이 나만의 내면을 쓴다는 것
이 말이다. 보잘것 없고 드러낼 것조차도 없는데, 불쑥 던져진 첫 시집이란 숙제
를 받아 들었다. 겨울잠을 자던 나를 깨우는 기회였던 글을 쓰면서 사계절로 변
한 나를 볼 수 있었다. 해장의 속 풀이도 할 수 있었고, 웃음도 눈물도 감출 수 있
었던 것은 아마도 글을 쓸 수 있었기 때문이 아닐까 싶다. 오직 감사할 뿐이다.

아직도 남은 이야기
CONTENTS

이끌림, 사랑하는 이여, 이것만으로도 충분합니다

이끌림·····················12
징검다리 믿음·················13
선택하사 세우실 때···············14
그리스도···················15
순종····················16
영적 성장··················17
진리····················18
회복····················19
구별····················20
분별····················21
태풍····················22
순간 묻고 열어라···············23
영광····················24
온전하리라·················25
깨달음으로·················26
성경책···················27
축복····················28
목마름···················29
성령 충만··················30
어둠····················31
거듭나기··················32
자아 사랑··················33
겨울밤 기도·················34
자화상···················35
권게모 이끌림················36

바위처럼 견뎌 바위가 되었네 혹여 귓돌이라도 되었을 텐데

구속과 자유·····················38
형제 바위·····················39
소원 돌·····················40
호통·····················41
할미 돌절구·····················42
더불어 사시게·····················43
첫·····················44
낙수·····················45
석등·····················46
촛대바위·····················47
차라리·····················48
고부·····················49
천덕꾸러기·····················50
오롯이·····················51
공깃돌·····················52
돌층계·····················53
낙석 주의·····················54
복기·····················55
인생무상·····················56
살다 보면·····················57
고개·····················58
모정·····················59
오이지 사랑·····················60

우이천 산책길, 북한산 덧댄 우이천의 가을밤은 깊이도 잠들었구나

가을 실랑이·····················62
한낮·····················63
몽환적 그리움·····················64
봄 마실·····················65

가을 향기·····················66
새벽 비·····················67
우이천의 가을밤·····················68
유월 달빛·····················69
하얀 우이천 밤·····················70
우이천·····················71
다가오는 가을·····················72

아직도 남아있는 이야기, 별빛이 유난히 밝은 밤에는 꽃향기보다 쓴맛이 쏟아질 것 같아 싫다

소낙비와 우산·····················74
봄나들이 우산·····················75
일회용 우산·····················76
대중목욕탕·····················77
한 줌의 삶·····················78
자아 발견·····················79
그 사람·····················80
미묘한 사이·····················81
그뿐인 것을·····················82
사랑의 희비·····················83
여인의 단내·····················84
외길 삶·····················85
중독·····················86
늙은 어부의 하루·····················87
분실 사유서·····················88
육십 즈음에·····················89
타의로 섰지만·····················90
나비 속내·····················91
사랑은 그렇다·····················92
시람 시는 게·····················93
연탄 인생·····················94

어제·····················95

오늘·····················96

내일·····················97

마음·····················98

그럴 때도 있지······················99

잠시의 유혹···················100

길과 다리···················101

마음의 눈···················102

기러기 아빠···················103

더덕 손길···················104

사랑의 묘약···················105

짧은 순간···················106

열대야의 밤···················107

소용돌이···················108

절규···················109

그렇게 흘러가는 것을 어느 멋진 가을날, 홀로 가을에 기댈 수 있어서 참 좋다

행복이란 것은···················112

봄의 고백···················113

봄 사랑···················114

봄은 사월 따라가려나 봐요······················115

오월 소양강···················116

오월 사랑···················117

마음 다툼···················118

오월 끝자락···················119

유월의 끝에서···················120

분꽃···················121

참깨 꽃···················122

백일홍 인연···················123

칠월 객···················124

열 손가락 꿈···················125

가을 사랑·······················126
흐린 시월의 가을··················127
시월의 마지막 밤··················128
어느 멋진 가을날··················129
겨울 철새·······················130
겨울사랑·······················131
겨울나무·······················132
겨울을 사랑한 남자················133
이별·························134

피고 지고 피는 늘 있으리라는, 마음의 아픔은 중독이 되었는데 말이다

끝 그리고 시작····················136
을숙도·························137
순천만 아침·····················138
바람 흔적······················139
영도다리 도개····················140
낙동강 하구 삶···················141
제비·························142
한 떨기························143
아비 마음······················144
행복 나무······················145
데칼코마니······················146
뻐꾸기 둥지·····················147
팔십 고개······················148
섬··························149
밤이었기에······················150
중독·························151
오염된 사랑·····················152
감정·························153
슬럼프   154
물음표························155

이끌림

사랑하는 이여,
이것만으로도 충분합니다

이끌림

절뚝이며 헤매던 발자국은
갈 곳 잃은 채 흐려지고
눈물마저 메말라 목이 멘 인생
손 내밀어 일으켜 주셨네
메아리처럼 맴돌던 그 사랑은
찬가처럼 사뿐히 스며들고
무지하고 황폐했던 밭고랑에
밀알 되어 새싹 솟았네
오그라진 마음, 눈물뿐이었는데
펴신 손의 이끌림에
어둠에 익숙했던 붉은 눈빛은
진달래로 활짝 피어 웃고 있네

징검다리 믿음

깨어지고 부서질 땐
빛은 빛이었지만, 빛이 아니었기에
분노로 자위조차도 역겨워서
무심히 받아들여야만 했던 날이
조각조각으로 버려질 때가 되어서야
기다렸다는 듯이 험한 괴석을 다듬으셔서
오밀조밀 디딤돌이라도 쓰임 받으라 하시며
징검다리로 대를 이끄시니
사랑하는 이여, 이것만으로도 충분합니다

선택하사 세우실 때

사막의 한 줌 모래였고
하늘의 뜬구름 이었다오
산비탈 굴러떨어진 낙석이었기에
왜라는 무의미한 감당만을 내게 주시었네
흩어진 삶은 수습조차 버겁고
숨어 우는 눈물은 피눈물이었다오
가슴 저리는 고통에 무릎을 꿇었고
삶은 거미줄에 걸린 하루살이 같았었네
밤하늘 달은 변하여도
늘 그렇듯이 무심하였을 뿐이었고
깊고 험한 무저갱으로 이끄시어
당신을 보이시며 강건케 하시었소
세상 것 자랑으로 교만한 종이었고
성공은 세상눈이요, 성공은 시험의 갈퀴라
주의 계획이 어떠하실지라도 시험하지 마소서
내 뜻대로 마시고 오롯이 주 뜻대로 하시옵소서

그리스도

들뜬 기쁨에 사로잡힐 때
형용할 수 없는 큰 사랑으로 오시다
구유에 누우신 아기 예수님께
경배와 찬양을 드리는 동방박사들은
앞장 서서 예배와 예물을 드리도다
시험하사 어둠의 눈을 뜨게 하시니
가면 쓴 자의 패악은 속임수에 능하더라
사단의 휘둘림은 하나님의 존재 증거이신가
기뻐하지 못하는 자들을 세우셨고
그들은 우리와 구분하기도 어려웠네
허름한 그리스도로 오셨도다
만백성과도 똑같은 모습으로 오셨도다
내 짐 맡은 구원의 구세주가 오셨도다
십자가로 굳은 눈을 뜨게 하실 이가 오셨도다
나의 구주 그리스도여, 나를 이끌어 주시옵소서

순종

광야의 40년이 긴 동행이었나요
동행이라는 아슬아슬한 순종의 길에서
욕심이라는 소용돌이에 말려 들어가
송두리째 삶의 변화에 휩쓸리게 되었던 것은
울고 겪었으면서도 깨닫질 못하는 바보였었죠
반복적인 삶에도 주어진 짐은 있었죠
그 짐을 선택하는 결정은 내가 아니었지요
아무도 모르는 막연한 선택을 주시고는
따르라, 잊지 마라, 말씀만을 인정하라 하셨죠
묵묵히 기다리신다, 차차 알게 되리라 하셨죠
들으라 하시기에 들었을 뿐이지만
포기할지라도 너는 거듭나리라 하시면서
가는 길이 험하고 멀어 어려움이 있을지라도
변화의 순종으로 거듭나리라 하시니
가는 길이 주님 나라 입성 길일지라 하더라도
주님 나라 길을 순종으로 따르게 허락하소서

영적 성장

영은 육을 지배하려고
영육 간의 다툼으로 인하여
선한 싸움 다 싸워도 악의 싸움 끝이 없어라
옛것에 매달려 아프다고 하니
자연스럽게 받아들이라
거듭나는 시기가 찾아오리니 찾아보아라
묻고 배우라, 지식이 쌓여 지혜로 변화되리니
믿는 것과 아는 것이 하나일 때
시각의 변화로 뜨거운 사랑으로 거듭나리라

진리

나 됨을 믿었지만, 나 됨은 아니었고
고통이 깊어질 때 안이함이 찾아와
혼란이 가중되었지만
자아는 자기 뜻의 진리를 추구하려 들고
추구한 존재는 세상에서 엷어지고
외길로 기운 자아는 무관용의 수직 결과라
인정은 찬바람이고 사랑은 훈풍이로구나
극의 대치는 지는 붉은 해를 닮아가는구나
거짓은 짧아도 진실은 길다 하시며
진리로 이끄시느냐고 나를 닮았다 하셨느니라

회복

무너지는 것은 순간이요
회복은 더디다는 것이 삶일 것이라
무너진 결핍이 세월에 녹아들어
의지마저 무너지고 나서야
통곡 탓으로 산천에 울려 퍼진다
400년 이집트 삶, 36년 일제 치하는
회복의 시간을 길지라도
사람을 통해 역사하시는 주님이시라
믿음의 벽을 말씀으로 쌓아라
관계 회복의 이끌림으로 주 앞으로 나오라
받기보다는 주는 사랑으로 회복을 주시리라

구별

나이기를 잊고, 나이기를 거부하면서
거짓 된 믿음으로 충실하다는 내가 싫다
구별된 삶, 사랑으로 살아가는지
주 믿는 자로 자신을 감당하고 살고 있는지
죽은 자로 다른 자아를 채우고 있었기에
절제된 척 교만으로 불행했던 자일 뿐이죠
말랐던 눈물이 터져
자아가 죽은 새 땅으로 갈아 엎으셔서
오직 주만이 나를 새롭게 하시리라 믿습니다

분별

봄꽃은 계절을 잊었는가
겨울을 지새운 것은 소식을 기다렸건만
비웃음이 번지고 낯만 간지럽더라
어리석은 달빛에 그림자 비치고
구별된 꽃들은 꽃망울을 터트려도
달빛과 햇살은 하늘의 낮과 밤이었더라
하늘, 땅, 분별이 필요 없어도
속내의 고함과 세상의 유혹에 넘어질지라도
땅은 땅이요, 하늘은 하늘이로세
삶을 통하여 이끌림을 주시리라
분별의 이끌림으로 은혜를 받으리니
저희가 나를 알고 나는 저희를 안다 하시리라

태풍

달려갔다
알 수 없는 이유로
밤새 달린 걸음은 멈추어 섰다
바닷바람에 절은 늙은 어부의 눈길은 서글프다
그의 손 주름만큼이나 낡은 방문을 연다
생각은 앞서가고 몸을 삭히며 부서트린다
시커먼 가슴 손을 휘저어 뒤적거리고
센 입김은 주린 배 흔들어 대더니
얇은 자존심마저 부수려는가 보다
낡은 대로 낡은 방문은 셀 수 없는 여닫이에
가쁜 숨 몰아쉬고 나서야 태풍의 눈이 되었나
천둥과 고요가 한 마음이니 이 어인 일일까 싶네
소망과 두려움의 태풍 앞에
생각보다는 실행하는 현실로
주신대로 뜻하신 대로 따르오리다

순간 묻고 열어라

부서지는 봄 햇살처럼 다가왔지만
어떤 이유였는지도, 관심도 필요 없었지
뭐 그냥 별거 있겠어, 흘려들었었지
묻기도 싫었고, 알고 싶지도 않았었지
사랑과 관심이 왜 필요한 거였는지도, 하지만
보여준 사랑이란 정말로 알 수가 없었지
사랑의 정도는 누가 더 매달리는 게 아니라
사랑 정도에 따라서 다 다르다는 거야
주야로 답하고 열어 보이셨지
내민 손에 손가락도 걸어 약속도 하셨지
난 짧은 순간 사랑에 빠지고 말았던 거였어

영광

천천히 걸으려 해도
잔인함으로 세상 발자국이 버거울 때
일방적 자아는 날 곧추세우곤 했었지
검증된 감정이 미친 존재감일 때
선택에 대한 만약이 없었다면
남겨진 인생도 반복의 연속이었겠지
혹여 살아보라는 하루가 주어진다면
그 사랑과 기도만큼 큰 위안은 없겠지
나 같은 죄인을 섬기신 분의 영광을 받았으니

온전하리라

욕심으로 가득 찬 그릇보다
온전함의 빈 그릇이 나을 수도 있다면
곤함의 담과 괴리감의 벽을 쌓으면
잊힌 존재가 되는 것은 필연이 아닌가
마음엔 긍휼과 미움이 동거하니
자신을 선함과 행함으로 이룰 수도 있겠다
이기적 유혹이 우선이라지만
네 속의 너를 버리고 내게로 오라 하시네
온전해지려는 갈망은 평안함이 근본이요
지으신 대로 회복시키시려는 이끄심이로다

깨달음으로

현실의 길은 늘 어두웠지만
보이고 싶지 않거나 보고 싶지 않았지만
보이는 건 더 칠흑 같은 어두운 길이었었지
겪으면 뻔한 게 당연한 것 아닌가
견뎌내야만 알 수 있는 게 사는 것이라면
흑에서 백으로의 반전은 평평한 것이 아니라
더 넓고 높게 주 뜻의 깨달음이란 도구로
이 둔함의 견고한 틀을 깨어지게 하시려는
사랑이 가득한 은혜라는 것일 수도 있겠다 싶다

성경책

길이 있다 하여 뒤적이다 보니
점, 선, 면, 형, 존재 위
천, 인, 지, 도 인생의 여로
온갖 풍상에 굳어가는 길뿐이었으니
싸늘한 뜨거움이 일렁이는
텅 빈 내적 독백이 가득 찬 길이었고
덧댄 길이라 치부하려 해봐도
오리무중에 여러 길이라 찾을 길 없으니
속 빈 자는 채우시고 약한 자는 세우셔서
굳어진 생각과 경험은 뒷전으로 팽개치시더니
깨달음으로 순간적 비약이 있으리라
네가 쥔 성경책 속에 내가 있으리라 하시더라

축복

평생이 연단이고 기도다
축복은 믿는 자의 바람이며
같이 걷는 인도자의 선물이다
평안은 교만을 곧추세우고
웃을 때는 자신을 잊어버리니
원숭이 재주에 오만함이 춤을 춘다
되새겨 눈여겨보시더라
간절하게 구하기를 꺼렸기에
나락의 깊이만큼 어둠은 짙어지더라
의지와 뜻을 주셨으니 잊지 마라
주시는 평안은 축복으로 찾아오며
이끌어 주시어 겪으므로 알게 하셨도다

목마름

오뉴월 논두렁처럼
공허한 마음은 찢겨버리고
뿌리의 목마름에 잎사귀마저 시들고
갈증에 샘을 찾으니
사막의 한 가운데 서 있었음이라
갈망이 고통의 무저갱이 될 줄이야
바위 위의 씨앗이었더라
엎드린 기도 들으사 하나님이 물이시라
타는 목마름을 새로움으로 가득 채워 주소서

성령 충만

주어진 목마름에
성령의 은혜를 간절히 구하오니
예수의 실로암을 허락하소서
감춘 죄를 고백하오니
내심의 죄로 속을 채우려 했나이다
긍휼하심으로 주의 인을 치소서
척박하고 갈라진 마음의
자아를 들어내시고 주님 홀로 계셔서
말씀과 성령 충만으로 나를 이끄소서

어둠

어둠은
약속은 없어도 늘 기다리다 품어준다
어둠은
묵묵히 덮어주고 감싸주며 품어준다
어둠은
길어도 짧아져도 내색 없이 만큼만 품는다
어둠은
자기 안의 분탕질이 심해도 모른 척 품는다
어둠은
다 품어도 가슴을 뚫는 빛은 품을 수 없는가 보다

거듭나기

바람은 지나칠 뿐인데
자신을 흔들어대는 건
단지 어설픔이었을 뿐인데
잊힌 웃음이 메아리쳐
등골까지 오싹한 찬물을 뒤집어쓴
서글픔에 눈물은 꽤 차갑게도 흐른다
삶을 그어버린 교만의 칼에
헤집고 찢기고 나서야 한숨을 쉬리라
거듭나야만 온전히 일어설 수 있었음을 말이다

자아 사랑

존재의 잣대가 무엇이든지
오롯이 나라는 가림막에 가려져서
매의 눈과 승냥이 발톱으로
자신은 잊은 채 표독스러운 닦달로
모자람을 다그쳐 본들
작은 상처는 큰 상처로 깊어졌었지
날 인정하고 사랑해야지
이제 날 사랑하는 거야, 지금부터라도

겨울밤 기도

고즈넉한 겨울밤에
그대에게 미처 전해지 못했던 말들은
창문 타는 하얀 눈에 담겨 내리고
커튼처럼 드리워진 추억의 날들은
그리운 마음이 되어 책갈피에 끼워 포개진다
새하얗던 첫눈의 미련으로
남겨진 외로움이 흘러내려서
얼어붙은 발자국으로 남았지만
흰 눈이라도 내려 가려주었으면 싶어
주름진 손 부여잡고 기도하는 겨울밤이다

자화상

유혹의 함정에 갇혀서
쓴 거짓과 진실의 겹 가면을
비수로 찢으려고도 해봤었지만
악착스럽고 냉정한 시간에 얽혀
발버둥을 쳐봐도 나를 가두고서야
멈출 수 있었을 때도 있었다
욕심은 육체를 갉아 먹고
영혼은 아픈 과거로 줄다리기하면서
고통을 가두어버렸던 나였다
교만과 배반의 칼은
이질감을 방패로 난도질하며
끝내는 얼룩진 길로 내딛는 나였다
탓하며 핑계로 마음 다툼하며
언제든 넘어질 수 있다는 것도 아는
다른 나를 버려야만 한다는 것도 아는
나는 그렇게 멈춰 섰다

관계로 이끌림

참 너무 어렵다
어려워서 일생을 쏟아 부으며
고만고만 것에 얽매이기도 하면서
무너진 고통에 울고 상처로 아픔은 겪었고
이기와 냉정, 열등과 우월, 비웃음의 강을
냉정한 살얼음판으로 덮었다
보이지 않는 고통이 관계를 끊어 버리듯이
파도는 바위에 부딪혀야 하얗게 부서진다
이렇게 관계는 서로의 부딪힘이라고도 하겠지
변화는 가능성을 이끌고
변화로 인하여 회복이 있고 화목이 따르니
너무너무 어렵지만 오직 예수 이름으로 인한
이끌림으로 회복되리라는 거자씨가 있었기에

바위처럼 견뎌 바위가 되었네

혹여
귓돌이라도 되었을 텐데

구속과 자유

미약해서 벅차 했었는데
빛이 찢긴 틈으로 어둠을 파고드니
너무도 밝게 다가온 칠흑의 구속은
바람에 굴러다니다 보니
바위처럼 견디다 바위가 되어버린 채
흉터만 담고 덩그러니 서 있을 뿐이다

형제 바위

혼자였다고 우기지만
잊었는지도 핑계였는지도
마다할 수 없었는지
마지못한 핏줄은 터지고서야
하루살이 삶 곁눈질만 울고
빗대는 현실에 그어진 가슴 뿐
인수봉은 좋겠다
형제 백운대를 매일 볼 수 있으니

소원 돌

꼬불꼬불 굽잇길에
구불구불 골짝 굽이 안에
올망졸망 삐뚤빼뚤
구구절절 쌓인 돌멩이들
온갖 근심 걱정 작은 돌
평생 뒷바라지로 쌓았네
하나하나 정성 돌탑
묵고 묵은 평생소원 이루려나
혹여 마음에 발길 멈추고
흘금 작은 돌 하나 올려본다

호통

일렁이는 동해 앞바다
사악한 눈빛은 호시탐탐이니
한 움큼 쥐고 쩌렁쩌렁 호통 친다
조아린 움큼아 허튼소리 마라
독도에 얼룩진 일장기 구겨
백두 천지 동해에 수장하리라
백 겹 쓴 낯짝도 보기 싫으나
내친 마음에 너그러이 보고자 하니
백배사죄하고 응당한 처신을 해라

할미 돌절구

묵묵한 돌절구 꺼내
허기 채울 보양식은 아니지마는
겨우 입맛 거리 한 움큼 쟁여 넣고
닳고 닳은 나무 절굿공이로
뻔질나게 콩콩 찧고 빻아대는구나
방아 찧는 소리 듣자니
허기진 배에 입은 댓 발이 되어
바람처럼 오르락내리락하는
손자, 나무라는 할미의 잔소리는 애절 타
쉴 틈 보이지 않는 삶의 울음소리처럼

더불어 사시게

자질자질한 물가, 벗어난 작은 돌은
낮은 언덕 붉은 황토로 치장하더니
뙤약볕을 쪼이며 박힌 돌이 되었다네
보이지 않고 나뒹구는 것보다는
마지못해 황토에 덧붙어 있는 게
다반사가 얽힌 세상일 같은 거 아닐까
작은 돌은 그러려니 하지만
피눈물로 박힌 돌은 어찌해야 하나
한 세상 살며 티끌 인생으로 더불어 살라네

첫

빛은 차갑고 바람 까지 잠들은
어느 날 바짝 옥죄어 가두었고
잡을 곳 없고 기댈 곳이 없었기에
울 수밖에 없어서 붉게 토해야 했겠지
갈급하기에 기도했을 뿐이고
받아야 하기에 주었을 뿐인 첫 생목숨
대지를 적셨던 육시형 핏방울은
붉은 벽돌 되어 오롯이 서 있건만
마르지 못한 피눈물이 홍엽 되어
한 잎 한 잎 흩어지듯이 구르는 가을날
백 년 억 겁의 흔적마저 지우려는가
핏물 얼룩진 석 자 돌비에 내 눈물마저 얼룩진다

낙수

돌덩이 하나
덩그러니 굴러 앉은자리
구른 돌 모서리
맺힌 낙수 한 방울 뚝 떨군다
한 고집하는
고락을 낙수로 떨군 청춘은
나그네의 한잔 술로
요지부동 틀 안에 고여 버렸는가

석등

백팔 번뇌로 고통이 고갈되었나
공들인 법당 앞뜰 벗어난 석등은
억지로 만발하여 널린 꽃 가운데
하대석마저 팽개치고 오롯이 섰네
세상사 졸지풍파에
석등잔은 비어 어두컴컴하고
빌고 빌었던 제석의 밤은 멀었건만
한창인 소국 향기는 고역의 악취였는가
아픔 때문에 눈은 더 밝아졌는가
칼날 같은 삭풍이 어둠을 베어버려야
잔별이라도 소극(小隙) 사이로 보이련만
늦가을 따가운 햇볕의 더딤만 나무란다

촛대바위

억겁의 질타를 받았는가
삼라만상을 이루고자 부서졌는가
깨지고 부서진 손발이 팔방에 흩어지니
야릇한 살대는 홀로 바람에 울고 섰구나
시간에 갈라진 틈새는 붉어지고
인고는 은 날갯짓에 노닐면서
회한의 바람이 오지게 부딪힌 바위 끝에
갈매기는 흰 밥풀로 덕지덕지 수놓았네
게워낸 흰 거품마저 붉게 물든 해 질 무렵
삐죽이 선 촛대는 야물게도 버티고 서 있으니
뿌연 시야로 감긴 세월의 거움으로 쌓였는가
잘린 손대신 검게 그을린 뿌연 하늘을 담았네

차라리

돌이란다
우두커니 바라봤다고
하릴없이 바라만 본 건 아닌데
돌이란다
천방지축 날뛰었다고
생각도 없었던 건 아니었는데
돌이란다
이래저래 돌이었다면
혹여 귓돌이라도 되었을 텐데

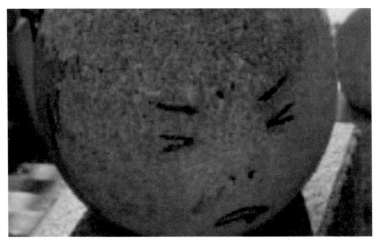

고부

할멈의
수다가 앞섶을 휘두르고
두레박을 타고 내려간다
아낙은
두레박에 수다를 올려서
앙가슴에 꼭꼭 쟁여둔다
우물가
수다는 발 없이 떠났건만
불덩이 오지게도 쌓였네

천덕꾸러기

굴러온 돌이라
던져져서 뒹굴어도 봤었고
조각조각 깨어져 버려져서
나조차도 잃어버렸던 날들도 있었지
모난 돌이라고
보려고도 하질 않아서
한 치의 눈길도 받지 못하고서
소외된 채로 떠밀려 내려왔더니
두루뭉술하다고
이 손 저 손 정성 깃든 손들은
한 겹 인생의 고락 탑을 쌓으며
이구동성 한마음으로 빌고 빌더라

50 아직도 남은 이야기

오롯이

윗가지 사이로 엇갈린 작은 나뭇가지는
삭풍에 흔들린 채 한숨만 내 쉬는 한낮
중턱에서 올려 본 하늘은 말갛고
바위 끝에서 내려 본 땅은 혼탁하니
소나무의 푸름을 겨울이야 알 수 있듯이
오겹송 열매는 왜 그리 단단한지 알 수 있듯이
오롯이 삐죽이 솟은 바위 봉
하늘과 땅의 합치 이루려 굳건히 섰는가

공깃돌

양지쪽 옹기종기
볼록한 호주머니 안에 한 움큼
대그락대그락 공깃돌 다섯 알
작은 손바닥으로 비비적대다가
한 알 땐 또그르르
두 알 세 알 땐 중지로 가르고
네 알은 모으고 한 알은 높이뛰기에
다섯 알 손등 꺾기에 공깃돌은 하늘을 난다
동글 납작 공깃돌
계집아이 나붓대는 손에 안기고
사내아이 더덕 손에 퉁겨져 나뒹굴어도
아이 땀내에 반질반질 햇살에 눈부시네

돌층계

멀리서 본 길은 평지였는데
가까이 와서 보니 계단이었구나
이유 같지 않은 이유로
그것도 울퉁불퉁 들쑥날쑥 돌층계였다네
흠칫 봤을 때는 선이었는데
만지려 하니 점이었다네
대꾸조차 필요 없는 답으로
그것도 얼기설기 얽힌 돌층계 점이었네

낙석 주의

천만년 걸쳐 밤낮을 잊을 만큼
천생 유혹의 흐름에 빠져
즐기고 사랑하며 속박 없이 조용히 살고 싶으나
대장부에게는 그것도 하나의 세월 헛됨이었는가
탐하고 싶은 천국의 즐거움이지만
몸을 아홉 번이나 뒤틀려 돌고 돌더니
세상사 유혹에 떨어지는 낙석이 되었구나
썩은 흙과 썩은 밑동도 고개마저 돌렸구나

복기

네 귀퉁이 춘하추동
일 년의 심정을 돌로 주고받으니
검은 돌 하나 얹으며
삶에서 잡고 잡히고 꼭꼭 얹었는지
흰 돌 하나 얹으며
세상사 엎치락뒤치락 꼭꼭 얹었는지
보대끼며 다 채웠는데
복기해보니 일 년의 반도 못 채우고 있더라

인생무상

패인 가슴 묻어두기에는
참! 많이도 울었는가 보다
패인 가슴 채울 것 없더니
심술보 하늘을 가두었나 보다
구멍 숭숭 뚫린 누런 잎사귀
유유히 뜬 하늘의 구름이 되어본다

살다 보면

뭉텅 잘려나갔다
슬프고 아팠지만, 안다
사는 게 그런 것이라는 것을 말이다
아픔이 숨을 곳을 찾으니
아쉬운 그리움마저 따라 숨는다
약해지지 않으려 눈물도 감추어 본다
거칠었지만 닳고 닳아
세월에 넉살 좋게 뺀질거려 보지만
살다 보면 너나 나나 다를 게 뭐 있겠는가

고개

숙여야 했던 일도 많았다
숙이고 살아왔어야 했었다
그런데도 숙일 날만 남았구나

모정

드러낸 바위는 애꿎게도
이름 모를 석수의 꼿꼿한 눈살에 꽂혀
무심한 손놀림에 가름 돌 되어 뒹굴면서
올려본들 내려본들 변함이 없을 것 같더니
천 리 길 자식이 눈에 밟혀 가름돌을 당긴
돌쟁이의 잰 손놀림은
외자식이 가슴에 엉겨 붙은 어미 마음을
정과 망치로 정성스레 그리움을 정히 새긴다

오이지 사랑

허리 불룩 투박한 항아리에
차곡차곡 지난 세월 쟁이듯이
주름진 손길로 사랑 하나 눈물 하나
야물게도 무거운 눈길로 꾹 누른다
죄었던 시름에 비틀리어진 몸이지만
밑 빠진 독에 붓는 내리사랑의 의지는
들숨 날숨의 백 가지 마음을 담은
자식을 보듬은 배부른 항아리였더라
후덥지근하고 파랗게 물든 하늘을 보는 건
짠내가 물씬 풍기는 소낙비가 그리운 건
어머니가 좋아하시던 팔월 둥근 달이
서서히 저물어가고 있기 때문인가 싶다

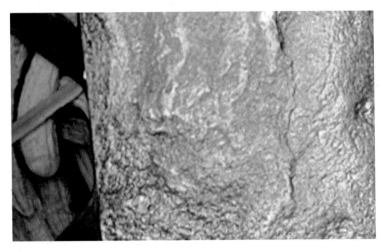

우이천 산책길

북한산 덧댄 우이천의
가을밤은 깊이도 잠들었구나

가을 실랑이

새삼스레 들떠 본다
멈칫대는 마음을 발길이 재촉한다
수십 번 겪은 우이천 가을인데
변해버린 마음이 새삼 부끄럽다
귀뚜라미 나직이 재촉하고
창에 부딪히는 작은 빗방울마저 재촉하니
가을이 지니고 온 건 무언지 시간이 묻는다
색 바랜 머리카락 넘기며 눈을 뜬다
잠 못 든 밤 가을과 실랑이를 하였구나

한낮

돌 틈새 물줄기가 갈 길 바쁜 한낮
후덥지근 절어 풍기는 여름 단내를
시커멓게 달려든 먹장구름이 씻겨 주려나
가을을 밴 바람은 등 굽은 갈대로 왔네
주린 배 움켜쥐었던 지난날은
흐르는 물빛 따라 스며 흐려졌는데
우이천 빈 벤치에 가을 되어 앉았는데
홀로 한낮을 치덕대는 백로가 나였든가

몽환적 그리움

올려본 밤하늘은 흐려지더니
꾸벅꾸벅 조는 샛별처럼
이렇게 가을은 오려나봅니다
유유자적 걸음을 떼어보지만
흩뿌려졌던 사랑이 새삼스러워
작은 흔적이라도 찾아봅니다
버찌 떨군 벚나무는
짐짓 모른 체 그리움을 내밀어
가을바람과 재잘거리고 있습니다
외로운 눈물이 풀잎을 적시는
이른 새벽이 돼서야 가을 향내
그 그리움을 만날 수 있었습니다

봄 마실

초록 잎에 어우러진 우이천
하얀 나비 나풀나풀 마실 나선 길
하늘 조명 바람 장단에 날갯짓하다
가녀린 초록 잎에 사뿐히 쉬어가며
하얗게 센 꽃차례의 눈물은 아랑곳없이
날갯짓 사뿐사뿐 임의 품에 안겨 잠드네

가을 향기

갈바람에 겨워 밤 지샌 마른 잎 새는
흔들흔들 연연했던 사랑에 매달려 울어댄다
사락사락 사르륵 조각 낙엽을 모은
우이천의 바람은 가을의 향기도 쓸어 담는다
떠나려는 바람은 멍든 회색 구름을 안고
발갛게 채색하는 서산으로 서둘러 달려간다

새벽 비

봄을 보내려 하는지
슬그머니 초록 숨결로 뿌려져
우이천에 꼭 안기는 새벽 빗방울
여름을 반기려 하는지
환한 가로등 불빛에 뿌린 새벽 비
무심한 우이천에 동그랗게 떨어지네
흙냄새 묻힌 새벽 비에
곤히 잠자던 맹꽁이도 깨었는지
반기는 이 있어 반가운 우이천 산책길

우이천의 가을밤

짙은 어둠이 기척도 않는 우이천
서늘한 바람이 서둘러 기웃거려 봐도
가쁜 숨들은 들풀 속에 잠들고
잔기침은 느릿하게 젖은 기운에 묻혔네
쌩하니 달리는 헛바퀴에도
졸졸대는 개천은 모른 척하고
달빛도 별빛도 미명에 눈을 감고
부스럭대던 귀뚜라미도 단꿈에 젖었네
북한산 덧댄 우이천의 밤은
쏘아붙이고 서 있는 가로등 눈빛에
설레던 갈대는 꿈에서도 뒤척이는지
우이천의 가을밤은 깊이도 잠들었구나

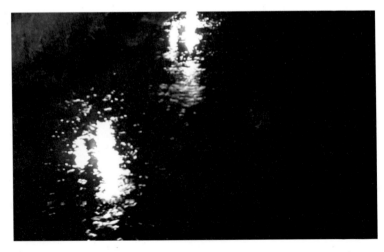

유월 달빛

유월의 달빛은
뭇 사랑의 구애로
우이천 물결에 잠시 흔들린다
유월의 달빛은
얽힌 사랑 매듭을
우이천 머문 바람에 부추긴다
유월의 달빛은
흔적을 지우려는
우이천을 무심히 보듬어 준다
유월의 달빛은
떠난 사랑 그리워
우이천 억새가 휘길 기다린다

하얀 우이천 밤

말갛던 가을 하늘은
흐릿한 겨울에 자리를 내준다
새치를 짊어진 억새는
시린 바람에 무거운 고개를 떨군다
덧씌워졌던 인수봉도
하얀 입김을 내뿜으며 우이천에 흔들린다
뒤뚱이는 걸음도 뜸해진
우이천에 겨울 그림자가 드리운다
우이천에 겨울이 눕는다
하얀 잠옷 입고 겨울은 잠들려나 보다

우이천

타박타박 걸어보는
북한산 이은 작은 줄기 우이천 길
분홍빛 벚꽃 송이
새초롬히 피어 뽐내는 우이천 길
시샘하는 봄바람과
알콩달콩 실랑이하는 꽃송이 꽃길
간지러운 귀엣말이
피고 지고 피는 우이천 산책길에서

다가오는 가을

바람 따라 옵니다
안개가 머문 북한산자락 너머로
설렘을 품고 다가오는 가을입니다
구름으로 옵니다
초록의 사랑은 귀뚜라미 되어
간절기 실랑이로 앉은 가을입니다
엷은 햇살로 옵니다
괜스레 누군가에게 말하고 싶었던
잊힌 그리움을 그려보는 가을입니다
우이천에 옵니다
여름 단내라도 씻어 주려는지
우이천은 넉넉하고 예쁜 가을입니다

아직도 남아있는 이야기

별빛이
유난히 밝은 밤에는
꽃향기보다
쓴맛이 쏟아질 것 같아 싫다

소낙비와 우산

시간의 희비를 뿌린다
외곬으로 버텨온 굵은 걱정은
잘 버텨보리라는
여덟 우산살의 헛걱정에 퍼진다
그리 길지 않은 소낙비에
가을 하늘 본 검정 천은 너털웃음 웃는다
먹고 살 걱정에 주먹 움켜쥔 굵은 테는
별걱정을 둘둘 말아 누가 볼까 잘도 숨긴다

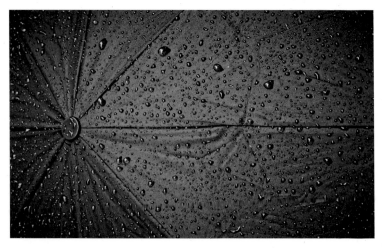

봄나들이 우산

한구석 내던져진 채로
긴 겨우내 눈길조차 마르고
초조하던 우산대는
무관심에 허리마저 휘었구나
툭툭 털고 일어서려 안간힘을 써 보지만
색 바랜 초가집 소지랑물이
뒤틀린 뿌연 우산대 적셔주네
살금살금 내리는 봄비 마다하고
꼬부랑 할머니랑 휜 우산대 지팡이
느릿한 발걸음 따라 봄나들이 나섰네

일회용 우산

형상은 짧았고
규격에 세상을 봤고
한 번을 위해 세상에 온 것을
알기까지 많은 시간은 필요치 않았다
개성이나 능력, 의미는 안중에도 없고
단 한 번의 실행 때문에
산더미처럼 쌓여 침침한 한쪽을 뒹굴었다
한 번의 준비는 오래였지만
용기의 펼침은 부서짐으로 왔고
잠시의 기억마저 사그라져서야
눈물 젖은 눈을 감기에는 너무 짧았다
인고의 눈물이 쏟아질 때
짧은 생에 한 번쯤은 당당하게 펼칠 수 있겠지

대중목욕탕

묵은 때를 벗으러 왔다
사람과 얽혔으니
사람으로 풀어볼 수 있으려나 싶어
대중 욕탕에 몸을 담그니
온갖 사연 묵은 때로 시커멓게 덮으니
숱한 우여곡절 삶의 때는
오금 뒤로 숨었나
볼기 뒤에 숨었나
찾았다, 오지랖 넓은 등판에 붙었구나
이래저래 닿지도 않게 명당 잘도 잡았네
고락이 반반이라더니
탱탱 불은 장딴지는 묵은 때 잘도 벗는데
이 악문 삶은 허물만 벗겨지고
허벅살은 벌겋게 물들었네
굳긴 해살 삶 벗기려다 욕심만 드러났네

한 줌의 삶

한 줌 속을 선 듯 등에 멘다
뉘 설움 같은
시린 바람이 틈새 비집으면
한 줌 속을 달싹 당긴다
여문 가을밤
발자국 장단에 지쳐 늘어진
한 줌은 엉덩이에 기댄다
몇 해 가을 손때에
한 줌 묵은 빚 쌓인 속은
벗어날 때쯤이면
떨어지지 않으려 용도 써보지만
내던져져 한 줌 설움을 접었는지
서운한 속 시선을 던져본다
하루 한 줌 속 손을 놓았다
홀로 남겨졌을 때가 돼서야
따뜻한 건 등뿐이었다고 울겠지

자아 발견

뙤약볕이 뜨거워 알뿌리는 숨었지만
끝내 텃밭을 떠날 수가 없어서
몇 겹을 껴입고 감추었던 발을 내밀며
굳었던 땅을 디디며 싱그러운 바람을 부른다
수 없는 세포의 분화로 덧붙여졌지만
주어진 시간은 고작이었기에
서두른 녹색 자아는 대지를 뚫어서
짧은 생을 살 울타리를 두른다
외면당했던 자아는 삐죽 솟아
바람을 붙잡고 소외감을 토로하더니
그만큼의 설움을 열정으로 추스른 끝에
이젠 덩그렇게 뽑힌 자리에 흰 눈물만 앉았다
추렴이라도 하자는 건가
비어져 나온 미련까지 싹둑 자르고서야
가슴속 서리어 넣었던 실오라기를 벗어
알몸을 보여야만 다른 삶을 인식할 수 있으려는가

그 사람

다가간 그 사람
다가갈 수밖에 없던 그 사람
기댈 수밖에 없던 그 사람이었기에
그 사람 때문에 웃을 수도 있었고
울 수도 있었어요, 그 사람 때문에
사랑도 모르고
아무것도 모르고 사랑했어요
기댈 수밖에 없던 그 사람이었기에
그 사람 때문에 기쁨도 알았고
슬픔도 알았어요, 그 사람 때문에
좋은줄 만 알고
사랑이 아픈 것인 줄 몰랐어요
기댈 수밖에 없던 그 사람이었기에
이렇게 많이 아플 줄도 몰랐지만
이별이 다가올 줄도 몰랐어요
그 사람 섰던 곳이
사랑이란 걸 알게 되었고
그 사람 위한 사랑만 할게요, 돌아와요
따뜻한 우리 사랑은 익어가겠죠
고운 얼굴에는 웃음만 있을 거예요
이제는 그 사람이 기댈 수 있게 곁에 있을게요

미묘한 사이

생소하지는 않지만, 못 봤던 것 같은
생소하지만 늘 봐왔던 것처럼
반갑지는 않지만 반가운 것처럼
반갑지만 반갑지만은 않은 것 같은
만남과 이별의 연속에
마음의 끝자락도 단호하게 자를까
미련의 그림자 되어 다시 만날까
작별이던가, 이별이던가
이별이 아닌 작별을 선택해야만
갈 수도 올 수도 있는 길이었기에

그뿐인 것을

비구름 떠난 새파란 하늘이
넋을 놓친 뭉게구름이
속내 감춘 웃음이 당신 마음인가요
그뿐이라고 하기에는
잡힌 듯 잡은 듯 살아온 세월에
새삼스레 추스른 마음으로 돌아보니
하고 싶은 거 하며 살아온 나에게
그뿐이라고 하는 겸연쩍음은 변명이려나
지나고 보면 별것도 아닌 그뿐인데 말이다
마음은 돌부리에 넘어져 봤고
삶의 구덩이에 허우적거려 봤으니
지나고 보니 다 그뿐 그뿐이었을 뿐인데
철없는 나에겐 이렇게 그뿐인데
더도 덜도 아닌 그뿐 이었습니다
그런데 당신 마음의 피멍울은 왜입니까

사랑의 희비

추운 가슴은 맑은 하늘이 싫다
달빛 밝은 밤에는 그을린 감정이
스르륵 무너져 내릴까 두렵기도 하다
별빛이 유난히 밝은 밤에는
꽃향기보다는 쓴맛이 쏟아질 것 같아 싫다
몇 겹 숨긴 감정의 껍질을 벗겨내야
미색의 보석을 볼 수 있으려나 싶었는데
바람에 빨려들듯 순식간에 보루를 파고든다
눈물의 둑은 경고 소리를 울려보고
자제의 벽으로 막아서 보기도 하지만
감정의 삿대질이 정도를 더 높일 뿐이다
숨바꼭질하는 감정의 희비는
잃어도 잃을 것조차도 없는 날이 되어서야
텅 빈 배반의 울림으로 금이 간 심장을 두드린다

여인의 단내

침전된 대지는
하얀 햇살이라도 바라지만
냉혹한 시선에 찢어져 갈라지더라
서러운 의탁도 거절당한 채
복받친 햇살은 멀어져 간다
어둠이 앉으면
노란빛이라도 안으려는데
날 선 비수는 폐부를 찌르는구나
망설이는 자신을 잘라내고서야
짓무른 눈물을 떨구어야 했다
해와 달이라며
비소 머금은 단내 나는 조롱에
지척이래도 아물거리지만
꺾어진 것이 아니라 휘어졌기에
곤추세울 수 있으리라

외길 삶

삐거덕거리는 밤 인사에
돌 품은 묵직한 쓸개 자루 꺼내
대문 안 한쪽에 척 걸쳐 놓으니
골바람은 날렵하게 등을 돌려 가버리고
탁한 가슴을 헤집는 일상의 언저리에
분주한 어둠이 잠시 손을 건네주었을 뿐
짓누르지 못한 감정의 회색 그늘에서
반대로 간 시침은 응고된 혈을 훑어 먹었고
딱히 아픔이라 말할 수 없는 인생길은
너저분한 밤과 낮이 엉킨 외길이었지만
흐릿한 그리움을 지워버리려 솟은 햇살에
아쉬움을 삼켜버린 쓸개를 다시 가슴에 담는다

중독

중독된 영혼 아래
육신은 무차별적 조각이 났고
세상 속된 눈빛에
전라의 부끄러움을 상실한 채로
미중의 여유도 없는
미약한 심장은 예리하게 갈라질 수밖에는
할 바를 잊어버렸는가
두 동강 난 심장은 체념을 쏟아내 버린다
유무를 떠나서
중독은 다 이례적이지 않은데도 말이다

늙은 어부의 하루

하루를 삼켜버린 서녘 바다
한줄기 짠 바람이 불어오는 작은 포구
노을빛에 젖어 이랑지는 파도의 품에
희비를 토해낸 작은 빈 배들만 들썩이고
손을 놓은 늙은 어부의 긴 한숨은
세월에 퇴색된 방파제 따라 부서지고
충혈된 눈을 애써 모른 척하는 섬과 바다를
허탕 친 하루 느긋한 헛기침으로 다독인다

분실 사유서

떠나려는 것들의 소동은
남으려는 것들보다 음흉스럽게도
뼈마디 사이를 비집고
혼미한 어둠을 헤집으며
숨긴 가는 손을 떤다
사물의 정령은 되살아
딱 한 번으로 숨바꼭질하려 드니
어쩔 수 없음에 가로저으며
시인하고야 마는 너절해진 자아를
괜스레 타박해 본다

육십 즈음에

살다 보면 나를 잊고 아니, 잃어버리고 산 날이 더 많았지
살다 보면 짜증 섞인 목소리에 가슴이 짓눌리기도 했었지
살다 보면 허공 속 내뱉은 한숨의 꼬리는 점점 길어졌었지
살다 보면 텅 빈 웃음은 물기에 축축하게 퍼지기도 하였지
살다 보면 짧은 사랑이 긴 삶의 시작이란 걸 이제야 알았지
살다 보면 몸에 붙어 있는 것들이 고마운 줄 이제야 알았지
살다 보면 많던 타박은 나의 성장을 위해 필요했던 거였지
살다 보면 웃음도 좋지만 눈물도 필요하다는 것도 알았지
살다 보면 삶이 욕심으로 구차해진다는 것도 알게 되었지
살다 보면 세상 어느 것도 부질없다는 것을 알게 되었지
살다 보면 내 것은 벌써 정해져 있다는 것도 알게 되겠지
살다 보면 죽고 사는 것도 맘대로 안 되는 것도 알게 되었지
살다 보면 이제껏 살아 있는 것도 내 복인 줄 알게 되었지

살다 보면
인생은 잠시 즐기러 왔을 뿐인 것도 알게 되겠지

타의로 섰지만

자의를 잃고
타의로 섰지만 그뿐이리라
생명이 수천 년 응어리진 하굿둑
새초롬히 눈을 내리깔고
해풍에 초록 치마 휘날리고 선 유채
사월의 노란 꿈은 바람에 갔어도
오월의 싱그러운 초록의
나풀거림은 또 다른 생동이어라
타의로 섰지만
그래도 나는 나였을 뿐이더라

나비 속내

긴긴 겨울 옷자락만 여미더니
상큼한 당신은 따뜻하게 다가왔어요
문턱 낮은 방문을 여닫으며
봄바람이 여린 잎 유혹하는 뜨락을 바라보니
속 다르고 겉 다른 웃음을 담뿍 담은
나비의 날개는 숨긴 속내만 노리는 한낮의 봄

사랑은 그렇다

싸늘히 식은 열기에도
호수의 비늘이 되어 달려왔어요
당신은 그렇게
초롱초롱 눈망울로 다가왔어요
가쁜 숨을 고르면서 그렇게 말이에요
모두가 떠나 텅 비어도
새하얀 구름이 되어 품어줬어요
당신은 그렇게
따뜻한 가슴으로 안아줬어요
포근하게 쉴 수 있게 그렇게 말이에요

사람 사는 게

웃는다고 다 웃음이 아니고
운다고 다 슬픔이 아니듯이
웃는다고 다 행복한 것은 아니며
눈물이 다 불행한 것은 아닌 거죠
아닌 것이 너무 많이 존재하는
원하지 않는 세상, 그 속에 있지만
삶에는 행복과 불행 둘 다 있어야
그래야 사람이 사는 거라고 하더라고요

연탄 인생

스물다섯 길 절로 뚫어서
덩그러니 새까맣게 태어났다네
규칙 따르라는 세상살이에
험난한 세상 어느 곳에 있을지라도
내 청춘 서럽다 아니하면서
스물다섯 길에 실은 사연
젊은 날 불로 태워 지워져
하얗게 변한들 후회하지는 않으리
구석에 버려져 흰 재만 날릴지언정
사랑했던 이들 떠나 돌린 발길

새하얗게 화한 영혼으로 멀어지리라

어제

뒤꿈치를 잡혔는지
돌아보면 아무도 없는데 머뭇대고
생생한 어제는 떠나려하질 않는다
지나야 후회는 찾아들어
어제의 반복을 요구하면서
했는지도 모르는 것을 기억하라고 한다
어제의 향취는 날아갔고
더도 덜도 잊자, 훌뿌려졌으니까
지워야 또 다른 어제를 채우니까, 말이다
어제가 있기에 오늘이
존재하듯이 어제오늘 그리고
미래가 바로 내 삶의 숨소리인 것을

오늘

존재는 오늘이 있기에
오늘을 위해 오늘을 살아가는 것
현실의 오늘을 위해 산다
오늘의 시간이 소중하기에
장 담는 거보다 먹는데 시간이 더 필요하듯이
시간은 최고의 조미료이고 향신료이다
오늘이라는 여유를 갖고
오늘에 최선의 열정을 쏟아 부으며
최소한 후회를 줄이는 오늘을 보내자
짧은 인생살이, 노엽고 짜증보다는
너그럽게 웃고 더 느긋하게 숨을 쉬자
유수의 세월에 얼마나 웃고 사랑할 수 있다고

내일

내일이 있다는 것은
정해 놓은 내일은 있을지라도
내일이란 알 수 없는 허공일 뿐인데
하얗고 빨갛게 칠을 해대며
내일이 전부 다일 것처럼 아마도
내일이 천년은 되는 것처럼 말이다
내일은 있어야 하지
그래야 눈을 뜨고 감을 수 있으니까
오늘을 직시할 수 있으니까 말이다

마음

사랑
깊이를 높이를 넓이를
알 수만 있었어도
이별
다름을 변명을 진실을
말할 수만 있었어도
사랑
모양을 색깔을 향기를
알 수만 있었어도
이별
배려도 포용도 용서를
할 수만 있었어도

그럴 때도 있지

하얀 이팝나무 꽃잎이
잣궂은 밤바람 입김에 날려
여문 알밤 달빛에 안길 때는
새벽녘 따뜻함에
가끔 안기고 싶을 때는
이불을 끌어안을 때도 있었지
단비에 젖은 장미꽃이
괜스레 처연해지면
햇살에 붉게라도 타올랐으면 싶지
어쩌다 따뜻함이
그리워 미지근한 샤워실의
포근한 온기에 떨기도 했지마는

잠시의 유혹

잠시는 마음의 틈을 비집는다
빌미 삼아 벗어나고자
히죽이며 담쟁이로 담을 타 보지만
어쩔 수 없어 닦달해도
그렇고 그런 잠시를 담기에는 좁았었지
순간은 잠시에 머물러 봐도
바꿀 수 있는 것은 잠깐이라는 시간뿐
다 잡을 수 있다는 것은 아니지
머문 건 그뿐이고, 다 스쳐 갈 뿐인데

길과 다리

흐릿하고 안개 짙은 길을 걷고 있다
걷힌 그 길은 허공에 뜬 다리였었고
깎아 세운 절벽에 청송은 잔바람에 힘겨워도
잡히지 않을 뜬구름이라도 잡으려 했었는지도
어깨 눌린 한숨에 힘겨워 찌그러들었지만
산과 천처럼 사계절을 견디고
세월의 바람도 견디어 낼 수 있었지
한걱정 접고, 길을 걷고 다리를 건너야 하기에

마음의 눈

참, 그렇더라
많은 것을 지니려고 하며
살아가기엔 너무 버겁더라
겉치레로 흐린 눈 말고
감춰진 속내만 볼 수 있는
눈만 커졌으면 너무 좋겠다
비록 몸은 작더라도
마음의 눈은 해바라기였으면
도수 맞춘 안경까지 쓴다면 더 좋겠다

기러기 아빠

사랑은 뜬구름 잡기였나요
원앙이 되어 해로하리라는 기대는
탯줄의 고통보다 더한 아픔이 되어
삭풍에 실려 와 휑한 보금자리 되었는데
뒤에 온 사랑이 앞선 사랑을 앞서며
무지개는 햇살 속에 숨어버리니
피붙이 날개에도 따라갈 수 없고
천장에 그리고 지우기로 지새우는 하얀 밤
피땀에 찌든 흔적은 이국땅에 흩어지고
혈연에 베인 상처는 아물지도 않았는데
펭귄 아빠 독수리 아빠는 웬 말인가?
세상의 입놀림에 먼 산만 보는 하루일세

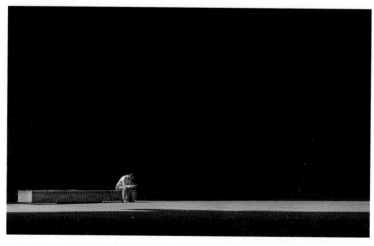

더덕 손길

먼동이 트기 전
오십 년 서두른 눈길로
무덤덤하게 꼬인 장터 길 따라
모퉁이 휑하니 봄바람처럼 쓸어본다
먼동이 트기 전
미적대던 두 손에 잡힌
삶의 고락 돌돌 감은 더덕 자루는
이른 봄 시린 바람에 어깨마저 무겁구나
먼동이 튼 후
구부렸던 허리 펴고
구부정한 두 손에 쥐어졌던 더덕은
쓸데없는 겉치레 벗겨 소쿠리에 던져지네
수십 년 앉은뱅이
햇살도 끄덕 조는 한낮에
더덕 향내는 단골 댁 눈길 맞추니
아름 광주리는 순박한 향내로 가득하구나

사랑의 묘약

바람에 실려 왔나요
그대의 향기가 이리도
익숙한 거는 무슨 이유일까요
우리 만난 적 있나요
그대의 음성이 이리도
익숙한 거는 무엇 때문일까요
바라지도 않았다는
그대의 거짓에 이리도
익숙한 거는 사랑 때문일까요
울고 웃고 하는 내가
그대의 사랑에 이리도
익숙한 거는 바보라서 일까요

짧은 순간

그때 봄 햇살처럼 다가왔지
그런 네가 어떤 여자인지 궁금했었지
뭐 그냥 별거 있겠어, 그랬었지만
묻지도 마, 왜 그런지 알 수가 없어
좋아하는 이유가 왜 필요한 거야
사랑이란 정말로 알 수가 없었어
사랑의 정도는 누가 더 목마른지
하지만, 사랑의 정도는 다 다르다는 거야
아무 이유 없이 그냥 좋은 것뿐이야
그녀와 있을 때가 제일 좋아 그뿐이야
이런 게 사랑이라고 하나 봐
난 짧은 순간 너에게 빠지고 말았던 거야

열대야의 밤

별빛마저 꾸벅이는 밤
마른 공기를 껴안은 목덜미는 흥건하고
신이 난 훈풍의 달음질에 어둠은 짙어진다
퀴퀴한 살 냄새 움켜쥐고 굽이져 흐른
갈증은 갈라진 틈으로 분탕질을 해대고
칙칙하고 끈끈한 비린내는 애무를 즐긴다
연신 기지개를 하는 척하는 뱀의 실눈은
이글대는 눈빛으로 먹잇감을 희롱하는데
하루살이는 불빛에 껍질을 벗으려 한다
식지도 않은 밤거리를 풍선은 둥실 떠서
마지막 희락을 터트리고 쾌락 속에 묻히는 밤
열대야의 밤은 한줄기 소낙비가 그립다
잠 못 든 밤은 밝은데 마음은 흙탕물로
괜스레 잊힌 임에게 볼멘소리만 나오는 한 밤
낮과 같은 밤인데 외로움이 짓누르는 밤이네

소용돌이

소용돌이가 친다
기대지도 못한 작은 조각은
소용돌이 아우성에 휩쓸린 채로
미약한 숨마저 끊어져 가지만
앙금은 소용돌이에도 둥실 떠 있다
소용돌이에 빠져
허우적대며 살아야 한다는
가늘다가는 깊은 속정은
보대끼던 정에 날카롭게 잘린 채로
소용돌이 속으로 가라앉아 버렸다
소용돌이가 멈추자
파장마저 가라앉아 버린 수면 위
붉은 장미 한 잎 퇴색되어 날아와
흩어질까, 살포시 내려앉아
빙그르르 유유자적 돌고 돈다

절규

뒤뚱대던 만삭의 하루는
고통의 핏빛을 허공에 흩뿌려대고
열정을 휘젓던 눈은 흐릿해지고
시퍼런 절규가 조각조각 뿌려지는 하루를
피하지 못한 그림자가 달빛에 스며들고
온기 잃어버린 별을 뒤적여보는 밤
어설픈 생사를 옥죄던 사슬은 노을에 숨지만
멍울졌던 고통은 소리 높여 하늘로 솟구친다

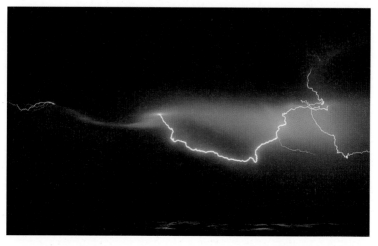

그렇게 흘러가는 것을

어느 멋진 가을날,
홀로 가을에 기댈 수 있어서 참 좋다

행복이란 것은

겨울을 등에 업고
야문 땅 거죽 사이 푸릇한 떡잎이
화사한 봄꽃 사이
삐죽 솟아 바람에 떠는 푸른 잎이
갈퀴손을 숨기고
벽에 찰싹 붙어 편 초록 잎 넝쿨이
담장 사이 귀퉁이
눈부신 햇살에 핀 노란 민들레가
거추장스럽다고
싹둑 잘린 가로수에 핀 여린 잎도
어둠이 가린 밤에
아침이 오듯이 행복도 곧 오겠죠
실체 행복 모습은
기쁨이지만, 작아 보이질 않네요

봄의 고백

어떻게 전할 수 있나
감춰진 마음을 알려고도 하지 않는
그녀의 새침은 겨울바람을 닮았나 보다
아마 알고는 있겠지
너를 사랑한다는 걸, 모른 척하는
그녀의 시치미는 봄바람을 닮았는가 보다
겨울바람에 실려 와
봄바람에 사랑한다는 말은 못 했지
싱그러운 날 우연히 그녀에게 고백해야지

봄 사랑

소리도 없는
흔들림으로 살짝 왔어요
흔적도 없는
일렁임으로 다가왔어요
봄바람 설렘이
흘금 망설임 없이 왔어요
그렇게 당신은
살금살금 마음에 왔어요

봄은 사월 따라가려나 봐요

봄은 사월 따라가려나 봐요
노랗고 하얗게 머금었던 꽃잎도
분홍 잎, 붉은 잎, 터트린 꽃들도
시샘 찬바람에 뿔뿔이 흩어졌어요
부서진 꽃잎은 밤하늘에
작은 별로 조각조각 뿌려졌지만
아쉬워하는 초록 잎새 다독이네요
봄은 사월 따라가려나 봐요

오월 소양강

오월 소양강은 재촉하는 바람이
얄미워 눈이 부시도록 일렁이더니
떠나는 봄날의 아쉬운 마음을
강 둑길 아카시아 하양 꽃자루에
주렁주렁 그리움을 보듬어 담았네
여린 시간 담긴 청청 아카시아 잎은
가위 바위 보로 하얀 구름처럼 흩어졌고
정든 눈길이 자욱해진 어린 시절
눈동자 가득 영글었던 그때를 담았네
코끝이 찡함은 그 시절 그리움이겠지

오월 사랑

한 그루 외곬 푸른 나무는
파란 하늘 아래 외로이 서서
싱그러운 바람의 그리움을 기다리는 오월
담벼락 비집은 민들레는
하얀 날개로 공허의 벌판을 날아야
비로소 알 수 있는 사랑을 찾아갈 수 있는 오월
정적을 덧칠 한 까만 융단에
절박한 희망의 푸른빛으로 서성이던
작은 별은 흘금 조각달에 외로움을 잊는 오월
회색빛 도시의 빌딩 숲에
이슬처럼 내려앉은 붉은 소야곡은
어둠을 찢고 자유스러운 오월의 사랑을 찾는다

마음 다툼

그대 오신다는
따스하고 화창한 오월은
제멋에 설렘도 잊어버렸나 보다
그대와 온다던
꽃향기 바람은 허세였나
휑하니 그리움도 잊어버렸나 보다
이래도 저래도
오월은 왔다가지만 혼자라는
마음 다툼으로 서글픈 오월 어느 오후

오월 끝자락

긴 햇살이 머뭇거리고
뜬구름마저 무거워 보이는 한낮
담장에 길게 늘어진 붉은 담쟁이 위로
미지근한 바람은 한가로이 거닐고
오월 끝자락에 검게 멍든 잎 새만 따르네
짙은 오월의 고즈넉한 밤
찌든 땀 냄새를 훑는 한 줄기 바람에
조각되어 구겨진 쓸쓸한 마음은
너덜대는 어둠으로 스며들어가려는가
오월의 밤은 그렇게 다가왔고 가려나 보다

유월의 끝에서

유월의 푸름이 하얗게 치장하면
여린 잔디의 엷은 미소마저도 아프다
갈라지게 온 햇살은 스스럼없는데
사랑이 그리 뜨거워도 좋은 건 아닌가 보다
서풍 타고 올 촉촉한 임을 그려보는 건
얄팍한 사랑이 거친 빗방울에 아름다워질 수도
서풍이 불어도 그 사람은 보이질 않으니
유월 끝자락에 서서 빗속에 올 임을 그려본다

분꽃

회색 땅거미가 깔리는 화단 구석에
오므린 채 담담히 둥근 잎만 그리는 분꽃
뉘엿거리는 붉은 해처럼 수줍게
몽우리 하나둘 흘금 펼쳐 보이는 분꽃
잠든 가로등 아래 취산 꽃차례에
태연한 척 붉은 분꽃 입술로 수줍게 웃네

참깨 꽃

부러운 시선에 하얗게 떨군
연분홍 볼에는 수줍음이 가득하고
바닷바람에 하늘하늘 노니는
소박함은 선녀가 춤추는 모습이라
오고가는 날갯짓에 입 맞추고는
설레이는 손 머쓱하게 흔들며 긁적이네

백일홍 인연

만발하여 백 일을 굽이친 길
곳곳 몽실몽실 꽃망울에
사무친 그리움을 봉오리 져도
바닷바람에 흔들리다가 붉게도 물들었네
꾸지 못 할 꿈이라고 하기에
서글프게 붉게 터트려도 보았지만
한 점 구름 아래 뙤약볕에 검게 날리며
반겨 줄 리 없는 하얀 파도마저 앙탈이라오

칠월 객

칠월 뙤약볕 열기로
쉽지만은 않았을 만삭의 세월을
그들만 아는 여름의 산고로
기다렸다는 듯이 해산을 서두른다
절절히 밴 열창은
긴 그리움의 사랑가이려나
이룬 사랑에 격렬한 환호성이려나
짧은 사랑에 당연히 서러운 이별가이려나
초록에 숨긴 절규는
죽음으로 이어진 생명을 부르며
젊음을 불태우려는 소리일 수도
하룻밤 애틋함의 끝자락 미련일 수도 있겠다

열 손가락 꿈

가지런히 울 밑에 핀 봉선화는
심술보 여름 바람에 흔들리면서도
긴 땡볕에 그리도 붉게 피었던 날들은
어린 시절 그리운 시절의 꽃으로 남았네
토닥이던 어린 날의 봉선화는
움켜쥐었던 양손의 초록빛 붉은 꿈을
쫙 편 열 손가락 손톱에 피우던 한여름이
칭얼거리는 뜨거운 햇살에도 몹시도 그립구나

가을 사랑

은은한 구절초 향기가 그대였어요
눈부신 하얀 억새의 춤도 그대였어요
휑하니 뒹구는 노란 잎이 그대였어요
짙어져 흩어지는 잎 새가 그대였어요
가을 한낮을 눈물로 채운 그대는
깊어가는 가을만큼 변한 그대여야 했나요

흐린 시월의 가을

서풍이 불어라
흐린 시월의 가을 하늘로
목 덮은 머릿결을 희롱하며
갈잎은 울긋불긋 수로 물들고
서풍아 불어라
휙 휙 날리는 한적한 거리에
뒹구는 마른 갈잎은
뚱한 마음에 바스락 부서져 버리고
흐린 시월 가을은
잔뜩 찌푸린 그 마음이었구나
서풍아 불어와서
텅 빈 마음마저 담아가려무나

시월의 마지막 밤

시월 바람에 달려왔었어요
당신의 미소가 소리도 없이요
가슴에 와 닿는 느낌도 없이 말이에요
옷자락만 스치는 바람인 줄 만 알았는데
사랑했기에 안기려고 왔던 미소였나 봐요
시월 바람에 떠나려 하나요
오셨던 것처럼 소리도 없이요
가슴에 새겨준 사랑했단 말도 지우고
아프지도 않나요, 나는 너무 아파지는데
그렇게 시월의 마지막 밤에 가시려 하나요

어느 멋진 가을날

산등성엔 은빛이 출렁이고
화려하지 않은 몇몇 코스모스는
들풀 사이 바람을 가르고 서 있네
사랑이 머문 그리운 마음은
파란 하늘에 한 조각으로 흩어질 때
촌스럽게 그 사람이 보고파진다
붉으면서 파랗게 물든 그대
어느 멋진 가을날 두 팔을 펼치고
홀로 가을에 기댈 수 있어서 참 좋다

겨울 철새

황량한 외 나뭇가지에
파랗던 동경의 날개를 추스른 철새는
칼바람에 피멍이 들어
벅차오름도 꺾인 꽃처럼 피지도 못했고
기다림에 지친 심장은
내쉬기조차 힘겨워했지만, 가야 했기에
지친 날개로 붉게 물든
서릿발이 선 대지를 박차고 날아야만 했다

겨울사랑

그립다고 말을 할까
되뇐 마음을 하얗게 덮었네
그리움이 내려앉아
대롱대롱 날 선 고드름이 되었네
하얗게 온 겨울 사랑은
만년설이 되어 그 속에 갇혔으면 좋겠다

겨울나무

경사진 곳 어지러이 가누어도
석양에 번쩍이는 단 칼의 서슬에 눕는구나
얽매인 어린나무가 눈에 밟히는가
비집고 선 옻나무의 붉은 눈이 두려웠는가
안개 속 해변의 나무는
얽히고설킨 덩굴과 잡풀에도 진득했건만
삭풍이 겨울을 흔들어대니
붉은 옷마저 떨군 옻나무도 겨울나무로구나

겨울을 사랑한 남자

겨울을 사랑한다
차갑고 냉정하게 투명한 바람이 좋다
길게도 안아주는 어둠의 포옹이 좋다
둘둘 말려 가려져 조금만 볼 수 있어 좋다
눈이 오면 혼자여도 따뜻할 것 같아 좋다
이별이 길어 더 볼 수 있어 좋은 겨울이다
추운 내가 나를 안을 수 있어서 더 좋다
겨울이 그냥 그렇게 참 좋다

이별

거꾸로 겪은 사랑이
또렷이 보이는 것은 아마도
비틀어진 마음 탓이라고 핑계 대지만
부서져 버린 사랑은
미련 없이 가버리라던 빈말은
허공을 떠돌다 바람 타고 가버렸나
미련이 바람에 밀렸나
멈칫했던 발길도 하얗게 덮이려나
그리움 담은 눈물만 하얗게 내리네

피고 지고 피는

늘 있으리라는,
마음의 아픔은
중독이 되었는데 말이다

끝 그리고 시작

새까맣게 달궈졌던 연민은
무색의 요동에 하얀 거품 되어 녹아내리고
새파란 울부짖음도 붉게 타들어 가며
한낮의 작렬하던 사랑은 이별을 고한다
새삼스레 고즈넉한 새벽
낮은 밤하늘엔 흐릿한 달이 밝아져 오고
남실남실 산들바람에 두둥실 구름 떠 있고
황량한 공간 귀뚜라미 호곡은 애처로이 울린다

을숙도

굽이굽이 돌아 찾아왔건만
짠 내음 품은 빈 의자만이 반기고
출렁이는 을숙도의 발길은
습지를 노니는 억새와 어울리다가
둥실 구름처럼 뱃고동에 얹혀 총총히
가신 임 찾아 을숙도를 떠나려나 보다

순천만 아침

미명의 여린 햇살은
갯벌에 설 잠든 달을 비벼 깨우고
짠 내 품은 바닷바람은
갯벌 밭 갈대들 휘적거려대더니
한 마리 참새는 소리 없이
어우러진 갈대와 노닐어대는구나
순천만의 아침은
갈대는 눕고 일어서길 하는구나

바람 흔적

지우려
애탄 흔적 지우려
설렘 흔적 지우려
지우려
마음 흔적 지우려
사랑 흔적 지우려
지우려
웃음 흔적 지우려
눈물 흔적 지우려
바람개비 돌고 돌아
바람 흔적 지우려다 보니
바람마저 흔적 남기는구나

영도다리 도개

삶이 고개를 든다
힘겨웠던 하루의 허리를 편다
영도다리 아래
사월의 햇살은 포근히 품고
갈매기 나래로 장단 맞추면서
뱃고동은 만선의 환호성을 부른다
기댄 마음은 곧추세워지고
주름진 이마에 실개천이 그려져도
귓가에 머문 입꼬리는 머물고 싶은
판에 박힌 모습이지만 잊히지 않으려고
삶이 고개를 숙인다
알 수 없는 날들이 기다리지만
나는 그렇게 또 길의 시작을 하리라
변함없는 인생을 논하면서 그렇게 말이다

낙동강 하구 삶

삶의 허울과 세월이 녹은
희뿌연 흙탕물은
여행을 마친 객의 한숨인가
삶의 환호와 한숨이었는지
튕겨진 물방울로
객의 마음이 이렇다 하더라도
삶의 회한과 허탈의 노래는
번지는 황토 물을
털어낼 기운마저 앗아가네
한 세상 고고히 흘러왔건만
미련의 찌꺼기가
속마음에 뿌옇게 요동치네

제비

따뜻한 품이 그리워
퍼덕여 다다른 바닷가에서
외줄에 배시시 웃는 네가
낯설게 보이는 건
넌 나에게서 지워지고 있었던 거야
그리 조잘조잘했던
사랑이 지워졌다는 대꾸에
화들짝 놀라 뒷걸음을 했지만
까마득히 잊었던
아마 넌 내 첫사랑이지 않았나 싶어

한 떨기

화창한 오월 바람에 안겨 온
뿌옇고 앙증맞은 한 떨기였었는데
가엽고 애처로운 한 떨기에
벌 나비는 모여 흥겹게 노니는구나
새파랗게 날아다니는 나래도
분홍빛 꽃을 피워도 가냘픈 한 떨기이기에
오월 햇살은 눈 부셔도
머금은 햇살은 아직 춘삼월 같은 한 떨기

아비 마음

겉 낳지 속 낳지 못한
이 마음은 알 둔 새와 다를 바 없고
부모 자식은 반 팔자라
눈물도 마르고 속내는 늪이 되어가니
찬바람에 날려서라도 가면
밴댕이 소갈딱지 후딱 떼어지려나

행복 나무

여린 가지가 이슬을 먹으니
갖춘잎은 청청하여지고
깊은 인내는 나이테를 새기고
얽히고설킨 뿌리는 삶의 지탱이니
천년 거목의 시작이 달리 있는가
행복이란 여린 가지에 달린
작은 갖춘잎에 앙증맞게 달려 있음이요
거목이 되려면 사랑이 버틴 기둥일 것이라

데칼코마니

사랑하면 닮아져 가겠지
사랑인 듯 아닌 듯 사랑 같은
사랑의 생각은 달라도 사랑은 이어지지
반 접힌 데칼코마니처럼
아픈 것을 덮고 붙어 있었기에
묵은지 되어 서로를 닮아가고 있는지도
흡착시킨 생의 흐름으로
얼룩이나 어긋남이 보이듯이
핏줄의 얼룩도 어긋남이 같아지려나
찬바람에 부서져 날려도
밴 흔적은 짙게 남아 있겠지만
지금이라도 짝퉁의 사랑을 재현하련다

뻐꾸기 둥지

돈을볕에 들어선 마을 어귀
길섶 코스모스 한들한들 반겨주던 곳
대추나무 뻔히 보이는 늙은 뻐꾸기 둥지
편안하게 구부러진 할미 허리
금빛 품새 숙인 들녘엔 고추잠자리 뱅뱅
잡초 울던 자드락 밭 봉긋한 뻐꾸기 둥지
먼 기억에 꽉 밟힌 그림자
노을빛에 물든 눈동자는 그리움을
가슴 그득 담은 채 뻐꾸기 둥지를 날아간다

팔십 고개

어머니, 듣기만 해도 가슴이 저린다
평생 포근했을 품은 내주질 못하시고
작은 눈망울 시커먼 눈물 자국 덧칠할까 싶고
메마른 허연 입술의 우물거림을 위해
그 길을 허덕이셨던 당신이셨죠
없는 것에 이 투정 저 투정이라
주름살 뒤 숨은 당신은 울고 계셨겠죠
긴 쓴웃음에 거친 손으로 다독이시며
그래, 다 해주고 다 사주신다는
그 말씀에 지운 듯이 잊고 살아왔나 봐요
휘영청 넘어가는 달그림자 따라
팔순 고개 넘는 고운 임, 어머니 고맙습니다

섬

한 움큼의 미련은
어두운 공간에서 촛불처럼 초조하다
탈탈 털어낸 터럭은
교묘히 꼬인 속닥임에도 무심한 척도 한다
바닷바람이 흔들려는
추슬렀던 감정을 외따로 숨기고 싶다
세상이 그리 보고프면
둥실 뜬구름에 안부나 물어보면 될 거다
세상이 그리 역겨워서
밀봉된 나만의 섬에 갇히고 싶었을 뿐이다

밤이었기에

밤이었기에
늘 그렇듯이 어두워져 왔다
보이지 않으니 밝히려 애를 쓸 뿐이었다
밤이었기에
조금 감출 수도 변할 수도 있었다
겉의 나 아닌 속의 내가 다니는 밤이다
밤이었기에
가끔의 불빛에 겉의 내가 보였다
속의 나는 안중에도 없다는 듯이 활보한다
밤이었기에
아침에는 찾아도 볼 수가 없었다
그렇게 밤에만 만날 수 있었던 나였다

중독

늘 있으리라는
믿었던 사랑이 살얼음판을 걷는다
늘 있으리라는
온기는 메말라 가는 갈증을 부추긴다
늘 있으리라는
심장의 맥박은 손끝의 떨림이 되었다
늘 있으리라는
뜨거운 열풍에 그는 화석이 되었다
늘 있으리라는
마음의 아픔은 중독이 되었는데 말이다

오염된 사랑

낯선 곳으로 떨구어졌고
잡히는 것도 없이 스칠 뿐입니다
어딘가 모자란 듯한 남녀처럼
무의식에 가까운 선택을 했기에 말입니다
가끔은 누군가에게
물어보고 갔으면 싶었던 길인데
비누 거품처럼 담배 연기처럼 사라져 갈 뿐인데
그렇게 익숙지 않은 사랑의 길을 갑니다
필요하지도 않았을 사랑을 하는 건 아닌지
필요 때문에 해야만 하는 것인지는 모르지만
즐겁고 기쁘다 해도 어려운 건 사랑입니다
그 시작에는 서툰 사랑의 살 냄새가
자욱한 안개를 타고 감싸 안으며 다가왔습니다
그윽한 달빛 아래 사랑의 물빛에 젖어 흐릅니다
그리곤 메말라 버린 채 홀로 남습니다
햇살에 바랜 색유리 같은 마음만 조각나서
길어진 빗속에 잠겨 지워졌습니다
그렇게 따스함도 느껴보지 못한 채
짧은 시간을 오염된 사랑으로 남기고 말입니다

감정

물결은 묻어도 드러내도
무늬는 퍼져나갈 수밖에 없기에
그 부딪힘을 받아줄 수만 있으면 좋으련만
바람은 하늘에도 바다에서도
찰나에 덮쳐와서 순간 터지기도 하다
숨어들어 어둠으로 가라앉기도 하지만
자극에 커져 버린 감정은
마음이나 몸으로 솟구쳐 오르며
쏟아내야지만, 나를 표방할 수 있으리라

슬럼프

반복의 소용돌이에 얼마나 흔들렸던가
어쩌다 감정의 급류에 휘말려 들어
참! 많이도 찢어대곤 했었지만
나뒹굴어 지기 싫어 얼마나 붙잡았든가
깎은 절벽, 험한 파도에 던지고는
갈피를 못 잡고 발버둥 쳐대곤 했지
추스르지도 못한 자아는 부서져 버리고
웃음거리에 홀라당 벗겨진 채로
자괴의 늪에 빠져 침묵했던 슬럼프였어

물음표

되물어 본 마음을
얼마만큼 알 수 있느냐고
대답이 없다
되돌아 본 눈도
모르겠다고 고개를 저을 뿐
대꾸도 없다
묻고 대답했던 삶
쌓여있는 물음표가 휑한 건
미완성 인생

굴렁쇠의
아직도 남은 이야기

도서출판 그림책에서 귀하의 출판을 도와드립니다!!!
어떤 분야의 책이든 도서출판 그림책을 거치면
책의 품격과 가치를 높여 드립니다.

연락처 TEL (010) 2676-9912 / khbang21@naver.com